Kurt Marti

Der cherubinische Velofahrer und andere Belustigungen

Kurt Marti

Der cherubinische Velofahrer und andere Belustigungen

Illustrationen
von Hannes Binder

Jordan-Verlag

ISBN 3-906561-39-9
Gesamtherstellung: St.-Johannis-Druckerei,
D-77922 Lahr

Inhalt

Er flehte Gott um einigen Spaß an.

Jean Paul

Der cherubinische Velofahrer …

1

Das Rad, das er fährt, hat mehr als ein Rad, hat zwei Räder, ist also ein Velo[1], ein altes, mit drei Übersetzungen nur. Wie Geschosse pfeilen Autos, Motorräder an ihm vorüber oder ihm entgegen, Lastwagen sind besonders tückisch, und allezeit gewärtigt der cherubinische Velofahrer, frontal oder hinterrücks getroffen, erlegt zu werden. Doch hat er sich vorgesehen. Sein Testament, im notariellen Safe deponiert, bestimmt, dass sein Velo, in die Einzelteile zerlegt, mit ihm begraben und auf dem Grabstein der Sinnspruch stehen soll:

Wir rasten, rosten hier zu zweit.
Gelobt sei Gott in Ewigkeit.

Statt des zufälligen Namens wird das Grab die wahre, weil selbsterworbene Identität des Erlegten festhalten: Der cherubinische Velofahrer.

Da alles zum voraus bestimmt und geordnet ist, radelt der cherubinische Velofahrer unbeschwert auch auf belebtesten Straßen einher und hört nicht auf, sich über die vielen Leute zu wundern, die einzeln oder grüppchenweise in Geschosse verwandelt, ihm entgegen oder haarscharf an ihm vorüberzischen. Er verspürt den Luftdruck, die Wucht der Beschleunigung, sieht die geduckten Körper im Innern der Geschosse, die zielenden Blicke, die ans Lenkrad geklammerten Hände und fragt sich, wohin all die Geschosse sausen mögen. Jedes scheint einem andern Ziel entgegenzufliegen. Schon einige Male ist er Zeuge geworden, wie zwei Geschosse sich ineinander bohrten, Rakete und Antirakete gleichsam, die offenbar zum Ziel füreinander bestimmt waren, sich heftig ineinander krallten. Einmal gabs ein

Geschoss, das auf eine Platane am Straßenrand gezielt haben musste, ohne sie freilich erlegen zu können. Andere Geschosse sah er auf Menschen zielen, die auf Trottoirs gingen oder eben die Straße überqueren wollten. Freilich trafen die Geschosse lange nicht immer, sausten am Ziel vorbei und eine Böschung hinauf oder hinunter. Im Unterschied zu Bäumen sind Menschen bewegliche Ziele und schwerer zu treffen.

Das Ziel der meisten Geschosse kennt der cherubinische Velofahrer allerdings nicht. Sie scheinen weit entfernte Objekte anzusteuern, von denen und deren Existenz er keine Ahnung hat.

Eher selten kommts vor, dass er sich auszumalen versucht, welcher Art das Geschoss sein könnte, dessen Ziel er vielleicht einmal werden wird. Bestimmte Wünsche hat er nicht. Im Frühjahr denkt er hie und da an ein Liebespaar, das ob dem Austausch von Zärtlichkeiten die Kontrolle über seinen Kleinwagen verliert; an nebelfeuchten Herbsttagen eher an den Mercedes eines momentan deprimierten Geschäftsmannes mit zuviel Promille im Blut.

Alsbald jedoch verscheucht er dergleichen Wünsche oder Befürchtungen mit dem selbstverfertigten Zuspruch:

Wie merk ich Gottes Weisheit wunderbar,
wenn ich von Herzen Velo fahr.

Dass ihn manche verspotten oder ihm den Vogel zeigen, kümmert den cherubinischen Velofahrer wenig. Als heiterer Friedensengel fährt er auch im dichtesten Hagel schneller Geschosse dahin. Als jemand ihm zu bedenken gab: »Aber all der Gestank, die Auspuffgase, das eingeatmete Gift – ist dein Geradel nicht lebensgefährlich?«, reimte er lächelnd:

Was lehren dich Gas, Gift, Gestank und andre
Plag?
Mit jedem Schnauf den lieben jüngsten Tag.

2

Gefragt, wie er sich denn sein poetisches Talent und seine christlichen Einfälle erkläre, sagte der cherubinische Velofahrer: »Meine Mutter ist Emmentaler Pietistin, mein Vater ein Seeländer und Freidenker gewesen. Sozusagen gegenläufig dazu war die Mutter aber eine lebenstüchtige Realistin, der Vater hingegen ein Träumer, der lieber auf seiner Handharfe phantasierte, als auf der Rampe der landwirtschaftlichen Genossenschaft Lastautos zu laden, zu entladen oder daheim im Familienhaushalt mitzuhelfen.«

Und woher seine Liebe zum Velo komme?

»Wahrscheinlich vom Großvater väterlicherseits. Er hat den Turnverein Bargen mitgegründet. Die Lust an Muskelbewegung und Stramplerei dürfte ich vor allem ihm verdanken.«

So wäre denn alles durch Vererbung zu erklären?

»Vieles, längst aber nicht alles«, schränkte der Velofahrer ein, »da gibts auch noch anderes als die Vererbung.«

Was anderes?

»Den Segen zum Beispiel.«

Und spontan reimte er:

Gott segne Bargen, Signau und die Ahnen alle,
zuletzt auch mich, damit ich nicht vom Velo
falle.

3

Eigenmächtig und heimlich hatte Regel, die Geliebte des cherubinischen Velofahrers, dem berühmtesten Dichter der Region einige Zweizeiler ihres Freundes zugeschickt. Als eine unbedachte Bemerkung Regels ausbrachte, was noch nicht hätte auskommen sollen, geriet der Velofahrer derart heftig in Wut, dass er wortlos aus der Wohnung stürzte, sich aufs Velo schwang und wie ein gedopter Sprinter aus der Stadt hinaus in die abenddunkle Landschaft spurtete, bis sein Zorn sich ausgetobt hatte, der Ärger ausgeschwitzt war. Während der Rückfahrt gab er sich, wieder beruhigt, Rechenschaft:

Nie habe ich von Dichterruhm geträumt.
Mein Traum ist, dass die Welt sich reimt.

Eines Tages dann traf ein Brieflein des prominenten Dichters ein. Er lud den weniger prominenten Kollegen für übermorgen abends in seine Stammbeiz[2] »Erlenhof« ein, nicht ohne milden Vorwurf: »Haben Sie denn kein Telefon, keinen Fax, keinen E-Mail-Empfänger?«

Der Berühmte, mit graumelierter Löwenmähne und nicht minder imposantem Bart, entpuppte sich als jovialer, leutseliger Mann. Unentwegt schenkte er Wein ein, Pinot gris aus Twann am Bielersee, ein köstlicher Tropfen. Vom Dichten war nicht die Rede, von den cherubinischen Sprüchen erst recht nicht. Wohlgelaunt gab der Meister Schnurren und Anekdoten zum besten, erzählte von sich, von seinen Reisen und Abenteuern, von Kollegen und Kritikerschuften, von Frauen stets wieder und wollte natürlich wissen, wer Regel sei, die ihm geschrieben hatte. So gut er konnte, gab der cherubinische Velofahrer Auskunft. Beifällig nickte der Meister: » Gut so, gut so, nur keine Geistschnepfe, nur kein Literaturhuhn!«

Als sie, angeheitert und ein bisschen taumelig, draußen vor dem »Erlenhof« standen, es ging gegen Mitternacht, sagte der große Mann plötzlich und wie nebenbei: »Ihre Verse, fast hätt' ichs vergessen! Also, mein Freund, Sie gefallen mir sehr, doch vom Dichten verstehen Sie hinten und vorne nichts.«

Anstatt jedoch vernichtet zu sein, konterte, vom Pinot gris übermütig geworden, der Velofahrer keck: »Vorne vielleicht nicht, aber hinten versteh ich ein bisschen was davon.«

Schallend lachte der Meister, sein Gelächter dröhnte in die nächtliche Stille hinaus, die Löwenmähne schüttelte sich, seine Pranke fiel schwer auf die Schulter des Kollegen: »Gut so, gut so, mein Freund und Hinterdichter, wir sind ja allzumal Narren!«

Der cherubinische Velofahrer war klug genug,

sein Velo nicht zu besteigen. Er schobs neben sich her und war froh, an ihm eine Stütze zu haben:

Du braves Velo, mir Gefährte jetzt anstatt
  Gefährt!
Gott schuf der Erde Narren und den Dichtern
  Bärt.

4

Eine geistig wie leiblich wohlgebildete Dame erkundigte sich beim cherubinischen Velofahrer, weshalb er so hartnäckig immer nur Zweizeiler dichte.

Schön offen gab er zu: »Für mehr als zwei Zeilen reicht mein Können nicht aus.« Damit wäre die Frage beantwortet gewesen. Doch schob er, inspiriert vielleicht durch die Gegenwart der schönen Dame, noch eine Überlegung nach: »Ist zwei nicht die Zahl der Liebe, des Paares? Wahrscheinlich bin ich ein Paardichter. Ursprung, Anfang allen Lebens war seit altersher und ist vorläufig noch immer das Paar.«

Der Dame leuchtete das sogleich und auch so gut ein, dass sie ausrief: »Und deswegen also müssen beide Zeilen sich umarmen, ich meine: sich reimen!«

Am liebsten hätte der Velofahrer die Erleuchtete auf der Stelle umarmt, getraute sich aber nicht.

Sie hakte mit der Frage nach, ob er sich etwa als ein Parodist des cherubinischen Wandersmannes verstehe. Von diesem hatte der Velofahrer auch schon gehört, weshalb er glaubte, antworten zu können: »Eher als die Parodie eines Autos ist mein Velo die Parodie eines Wanderers und insofern: Nun ja, warum auch nicht?«

Mit nachsichtigem Wohlwollen lächelte die Feinsinnige, so dass der Velofahrer nicht anders konnte als zuzugeben:

Ich weiß nicht viel vom cherubinischen
Wandersmann.
Mir scheint jedoch, er ging das Dichten anders
an.

Die Dame, eine Freundin naiver Kunst, fand Gefallen an diesem Vers. Sie bat den Poeten, ihn für sie auf einem Zettel festzuhalten, bitte mit Datum und Unterschrift. Gerne kam der Velofahrer ihrem Wunsch nach, wobei es in seinem Kopf weiterreimte:

Kein Goethe bin ich, auch kein Psalmendichter.
Der Schöpfer schuf mich weitaus schlichter.

Als ihm die Dame zum Abschied ihre Hand reichte, rezitierte er flugs auch diesen Vers, um ihr womöglich noch besser zu gefallen.

Nachdem sie gegangen war, geriet er ins Träumen: Wer einer solchen Dame zu Füßen liegen dürfte, könnte bestimmt noch viel schöner reimen.

5

Südwestwind lacht alle Trübnis aus, wirbelt sie hoch, walkt sie durch, klappert mit Fensterläden, wirft mit Zweigen und selbst mit Ästen um sich. Der cherubinische Velofahrer sitzt im Kioskhäuschen des Bahnquartiers und ergötzt sich am Wetterspektakel. Den Zeitungsaushang hat er hereingeholt, damit er nicht zerzaust, zerrissen oder gar fortgeblasen wird. Der Velofahrer vertritt die Kioskfrau, die ihren freien Tag hat. Ein lausig bezahlter Job. Und spärlich die Kundschaft, bei diesem närrischen Wetter. Nur mittags gibts einigen Umsatz. Nach Schulschluss, dann werden Kinder kommen, um Kaugummis oder Schleckstengel zu kaufen. Nach Feierabend sinds Erwachsene, die sich mit Stumpen, Zigaretten, Romanheften oder Lottozetteln versorgen wollen.

Jetzt aber, am frühen Nachmittag, macht einzig der Wind Betrieb und rüttelt oft recht bedrohlich am dünnwandigen Hüttchen:

Es tanzt voll Übermut der Sturm ums Haus.
Was hockst du, Narr? Geh, tanze auch hinaus!

Gesagt, getan! Schon hüpft er hinaus und tanzt mit dem Wind, verwirft die Arme, dreht sich um die eigene Achse, hopst und springt auf dem sonst menschenfreien Trottoir. Ratlose Blicke glotzen aus vorüberpreschenden Autos: Ein Irrer? Ein Säufer? Ein tanzender Derwisch?

An Leib und Seele erquickt, schlüpft er ins Hüttchen zurück, durchblättert eine Illustrierte, ein Magazin auch, führt sich einige Fotos nackter Mädchen zu Gemüte, von welchen die molligste Regel ein bisschen gleicht. Und was weiß der heutige »Blick«[3]? Nichts Neues, alles wie gehabt:

Stets muss der Blocher[4] laut proleten,
sein Ego platzt aus allen Nähten.

Draußen stürmts und guggsts[5] noch immer. Wenns so weitermacht, wird er auf der Heimfahrt abends mit schweißtreibendem Gegenwind zu rechnen haben. Eine Zeitung wieder, seriös jetzt, die »Neue Zürcher Zeitung«, die, so rühmt man ihr nach, besonders auf dem Feld der Wirtschaft das Gras wachsen hört. Zur Zeit scheint alles wie verrückt wachsen zu wollen: Wieder beabsichtigen zwei ohnehin schon große Konzerne zu fusionieren, die Globalisierung wolle es so, lasse ihnen keine andere Wahl mehr. Der Velofahrer kanns nicht beurteilen. Das Fachchinesisch der Wirtschaftsredakteure und Analysten versteht er ohnehin nicht, weiß nicht einmal, ob ein Analyst dasselbe ist wie ein Analytiker. Darum tut er, was er ein bisschen zu können glaubt, er reimt:

Global! Global! grölt jeder Hanswurst heute.
Doch auch der Turm zu Babel ging einst pleite.

Ein kleines Bürschchen klopft an die Glasscheibe, hat sich dazu auf die Zehenspitzen stellen müssen. Mit Daumen und Zeigefinger reibt es an einem Frankenstück herum und weiß nicht recht, ob es sich für einen Zucker- oder einen Schokoladestengel entschließen soll. Geschwind hilft der cherubinische Verkäufer mit einem Vers nach:

Am Zuckerstengel lutscht das Mäulchen voll
Behagen,
drum lass auch deine Zunge rundum Süßes
sagen.

Verdutzt, fast verdattert guckt der Bub den Reimer an. Dann greift er nach einem Zuckerstengel, zahlt und rennt davon. Der cherubinische Kiosker, baff über die Wirkung seines Sprüchleins, denkt: Taugte ich am Ende als Werbetexter? Oder sogar als Lehrer? Hei, wie gern würden die Schüler lernen, brächte man ihnen den Stoff in Reimen bei!

Zwei mal zwei ist vier, ein hoher Berg der
 Monte Rosa.
Mit Reimen lernt sichs leichter als in Prosa.

6

Alle Jahre wieder ist der cherubinische Velofahrer zwischen St. Nikolaustag und Heiligem Abend als Weihnachtsmann unterwegs. Familien, Schulen, Geschäfte, Vereine reißen sich um ihn. Im roten Kapuzenmantel, den schneeweißen Bart umgehängt, radelt er einher, sich selber ermunternd:

He, Nikolaus, tritt fröhlich ins Pedal!
Gott liebt uns Sünder allzumal!

Dass er den Klaussack über die Lenkstange legt, ist nicht zulässig, die Polizisten lassen ihn jedoch gewähren. Kindern packt er aus, was Weihnachtsmänner seit jeher ihren Säcken entnehmen: Orangen, Nüsse, Kaugummis, Lebkuchen, Datteln. Selbst Lehrerinnen und Lehrer laden ihn gern in ihre Klassenzimmer ein.

Die Tafel ist schwarz, die Kreide ist weiß, der
Lehrer gescheit.
Jetzt aber spielen und singen die Engel voll
Freud.

Wenn ältere Schüler den Spruch nachher verdrehen, kann der Nikolaus nichts dafür, freut sich jedoch, wenns ihm zu Ohren kommt, dass sein Gereime so ansteckend ist:

Die Tafel ist schwarz, die Kreide ist weiß, der
Lehrer voll Wut.
Die Engel im Himmel spielen inzwischen
Fang-den-Hut.

Leider gibts auch in der Weihnachtszeit nicht nur Engel, sondern ebenfalls rohe, dumme Bengel. Einige von ihnen haben letztes Jahr den cherubinischen Weihnachtsmann in einer dunklen Gasse überfallen, vom Velo gerissen und seinen Sack ausgeplündert. Es stand anderntags im »Blick«.

Der Überfallene rief den Flegeln zwar einige wenig cherubinische Verwünschungen nach, fasste sich aber bald wieder, erstattete auch keine Anzeige, obschon er gegen den Schaden nicht versichert war. Dennoch wollte er nicht, dass der »Blick« für ihn eine Spende- und Sammelaktion lancierte. Hingegen nahm er sich vor, dunkle, schlecht ausgeleuchtete Gassen inskünftig zu meiden.

In Warenhäusern kommts vor, dass junge Verkäuferinnen ungläubig seinen Bart befingern, bewundern, weil dieser so wonneweich und überhaupt nicht borstig ist. Bankhallen und Büros betritt der Nikolaus mit dem Gruß:

Ihr Leute, die ihr an Computern sitzt:
'S ist Weihnacht jetzt! 'S ist Weihnacht jetzt!

Wo eben noch Hektik, Stress, Nervosität geherrscht hatten, breitet sich aufs Mal verblüffte Ruhe aus. Die Angestellten sind dankbar für die Ablenkung, einige, vor allem ältere, sind sogar gerührt. Die Orangen, Mandarinen, spanischen Nüsschen finden reißenden Absatz. Hernach, wenn der Weihnachtsmann auf der Straße unten wieder sein Velo besteigt, winken ihm aus den Bürofenstern viele Hände nach. Für Auftritte vor Geschäftsleitungen, Verwaltungsräten, Managerteams hat sich der cherubinische Nikolaus einen besonders passenden Zu- und Mahnspruch zurechtgelegt:

Was denkt ihr immer an Profite, an Gewinn?
Kehrt um zu Gott und ändert euren Sinn!

Wird ihm das etwa übelgenommen? Überhaupt nicht, denn niemand weiß dergleichen Wahrheiten mehr zu schätzen als eine Runde verantwortungsbelasteter Herren, die schon immer der Meinung waren, heute seien die Menschen zu materialistisch eingestellt und dächten viel zu sehr nur an den schnöden Mammon.

Am späten Abend dann leert der reimende Nikolaus den restlichen Inhalt seines Sackes auf den Tisch einer verräucherten Schankstube aus, zwischen Bierflaschen, Schnapsgläser, Handtäschchen, Aschenbecher:

Äpfel, Nüsse, Datteln, ei der tausend!
Und an Pfingsten naht der Geist uns brausend.

Einige lachen, weil sie meinen, der Nikolaus sei betrunken und verwechsle deshalb Weihnachten mit Pfingsten. Doch ist er weder betrunken, noch verwechselt er.

7

Um irreführenden Vermutungen zuvorzukommen: Der Velofahrer wird nicht etwa deshalb cherubinisch genannt, weil er, was immerhin möglich wäre, zur Sippe derer gehört, die Engel heißen – ein Familienname, der vor allem in der Bielerseegegend recht bekannt und verbreitet ist.

Eines Tages war das Attribut »cherubinisch« so selbstverständlich, so einleuchtend, und wie vom Himmel gefallen, da gewesen wie einst etwa die Bezeichnung »pédaleur de charme« für den Velorennfahrer Hugo Koblet.

Nie aber hat unser Velofahrer den Sinn für Proportionen verloren:

Ich heiße cherubinisch, bin jedoch ein simpler
Mann,
wie jeder sieht, und erst recht Regel euch
bezeugen kann.

8

Auch der cherubinische Velofahrer ist nicht ohne Eitelkeit und deshalb verführbar. Der Kioskfrau, die er wöchentlich einen Tag lang vertritt, gelang es einst, ihn zu ein paar Seiten- und Probesprüngen zu verleiten. In ihrer Bewunderung für seine Reimkünste überredete sie ihn nämlich, sein Licht nicht weiterhin unter den Scheffel der Zweizeilerei zu stellen, er sei zu Größerem und Längerem berufen. Wer hört solche Schmeicheleien nicht gern? Flugs machte sich der Reimer an längere, weiter gespannte Versgebilde. Als er einige zustande und zu Papier gebracht hatte, las er sie Regel vor, mit nicht geringem Stolz. Umso tiefer bestürzte ihn die spontane Reaktion der Zuhörerin. Regel nämlich brach in schallendes Gelächter aus: »Du meinst das alles doch nicht etwa ernst?« Er meinte es aber ernst. Rundheraus, wie es ihre Art ist, sagte sie: »Mein Guter, mein Bester, was du vorgelesen hast, ist eine einzige Holprigkeit, auch versteigst du dich zu unbedenklich in schwülstiges Pathos.« Begreiflich, dass der arme Dichter am Boden zerstört und auf Regel böse war. Mehr als drei Depressions- und Grolltage vergingen, ehe er einzusehen begann, dass Regel wahrscheinlich recht hatte und er besser daran täte, sich inskünftig mit Zweizeilern zu bescheiden:

Mehr als zwei Zeilen kannst du nicht
vollbringen,
drum hüte, Eitler, dich vor Seitensprüngen.

9

Ist der cherubinische Velofahrer ein guter Hausmann? Regel ist jedenfalls mit ihm zufrieden. Sie selber arbeitet als Laborantin und verdient so beider Lebensunterhalt. Außerdem hat sie ein kleines Vermögen geerbt. »Mir gehts gut«, sagt sie, »ich kann mir einen Liebhaber halten.«

»Zu etwas anderem tauge ich auch gar nicht«, gibt er zu. »Das aber kannst du prima«, rühmt sie. Er stellt sich dumm: »Was das?« Sie lacht: »Das, was Vergnügen macht.« Artig gibt er das Kompliment zurück:

Ist häufig das Leben auch eher trübe und grau,
so lustvoll wie Regel liebt keine andere Frau.

Übertrieben? Liebe übertreibt immer. Wenn Regel andere Frauen von ihren tüchtigen, erfolgreichen Männern und davon reden hört, wie es hinter der glanzvollen Fassade oft zu- und her- oder gar nicht mehr geht, so beglückwünscht sie sich aber zu ihrem Haus- und Bettmann, der ihr neulich beim Frühstück sagte:

Genau besehn ist Salomo ein Parasit,
doch innigst liebt er seine schöne Sulamith.

»Ich dachte«, hatte Regel gesagt, »Salomo sei ein König gewesen?« Er aber: »Sind Könige, Staatspräsidenten, Politiker, Konzernbosse denn nicht samt und sonders Parasiten, weit schlimmere noch als ich?« – »Wessen Parasiten?«, hatte Regel wissen wollen. »Des Volkes, der einfachen Leute«, behauptete er. »Du bist ja ein Anarchist!«, hatte sie ausgerufen. Er, höchst erstaunt: »Ist dir das etwa neu? Hast dus nicht längst gemerkt?« Sie: »Aber du bist doch ein so ordentlicher Hausmann!« Er: »Ein ordentlicher Mensch eben und ein ordentlicher, ein gewaltloser Anarchist auch.

Ist übrigens nicht der Heilige Geist höchstselbst der konsequenteste und respektloseste Anarchist? Er weht, wo und wie er will, kennt, anerkennt keine Herrschaft und keine Privilegien.«

10

»Ob er mich sonntags vielleicht hie und da an der Orgel vertreten könnte?«, erkundigte sich ein pensionierter Lehrer, der seiner Kirchgemeinde aber immer noch als Organist diente, bei Regel. Es war auf einem Wohltätigkeitsmarkt. Regel, ebenso baff wie belustigt, fragte, wie er denn auf diese Idee käme. Es stellte sich heraus, dass er aus ihrer Plauderei mit einer Bekannten die Wörter »cherubinisch« und »vertreten« aufgeschnappt hatte. Und in Amerika habe er einmal gehört, dass Organisten dort manchmal Cherube genannt würden. Zufällig wusste es Regels Bekannte anders: Nicht Cherub, sondern Gabriel sei drüben der Neckname für Organisten. »Ob Cherub, ob Gabriel«, musste Regel den Lehrer enttäuschen, »mein Cherubiniker tritt nicht Orgel-, sondern Velopedale, und vertreten tut er bloß eine wackere Kioskfrau.

Abends, als Regel ihrem Freund die Begebenheit erzählt, reimt dieser ohne Verzug:

Ob Orgelklang, ob Velofahrt:
Geheiligt sei die Gegenwart!

11

Meistens ist der cherubinische Velofahrer solo unterwegs, ohne von Regel begleitet zu sein. Zwar besitzt auch sie ein Rad und benützt es für die Fahrt ins Labor oder in den Supermarkt. Dort ist ihr letztes Jahr das Vorgängervelo gestohlen worden. Ihre Wut über diese Frechheit versuchte er in die richtigen Proportionen zu rücken:

Ein kleiner Schelm, vergiss ihn, bitte schön!
Viel größre Schelme habens auf uns abgesehn.

Anstandslos bezahlte die Versicherung. Das neu gekaufte Rad ist sogar noch eleganter und besser als das gestohlene, hat zwei Übersetzungen mehr, sodass Regel keinen Grund mehr hat, dem kleinen Dieb noch länger böse zu sein, im Gegenteil.

Ob altes oder neues Rad: Die Gabe des cherubinischen Velofahrens ist allein ihrem Freund zugefallen, was sie neidlos akzeptiert. Sein Velo übrigens wurde noch nie gestohlen, vielleicht, weil es so altmodisch ist, dass selbst Klauwillige es verschmähen. Oder hats damit am Ende noch eine andere Bewandtnis? Hört, wer ahnungslos nach diesem Velo greift, plötzlich eine innere Stimme, die ihn vom Diebstahl abhält? Oder versetzt ihm das Velo einen kleinen, schmerzhaften Schlag? Dabei pflegt dessen Eigentümer das Gefährt niemals mit Kette und Schloss zu sichern. »Erstens«, sagt er, »nützt das ohnehin nichts, und zweitens scheint mein Velo, wie ich erst allmählich merkte, tabu zu sein: unberührbar für Nichtbefugte.«

12

Einen halben Nachmittag lang hat der cherubinische Velofahrer im Gärtlein einer Nachbarswitwe gejätet. Für ihn ist Jäten keine widerwärtige Arbeit, wird vielmehr zur Wurzel-, Erd- und Pflanzenmeditation, an der Augen, Hände, Finger, fast alle Sinne und der ganze Körper gerne teilnehmen. Oft redet der cherubinische Jäter mit den kleinen Grünlingen, bittet widerspenstige Wurzeln, ihr Sträuben und Trotzen aufzugeben, schließlich sei es für sie angenehmer, mit möglichst unversehrten Wurzeln auf dem Kompost zu landen und dort eine neue Zukunft zu haben, als etwa kurzerhand vergiftet zu werden. Jedenfalls denkt er bei sich:

Wenn du mit stiller Sorgfalt jätest,
ists dann nicht fast, als ob du betest?

Offenbar aber jätet sonst niemand gern. Anders ist es nicht zu erklären, dass bisher noch keine Jätmeditation entwickelt und auch kurs- und geschäftsreif gemacht worden ist. Auch in Indien, Tibet und Japan scheint Jäten als verächtliche Tätigkeit zu gelten, sonst gäbs vermutlich längst und ebenfalls hierzulande das Jät-Yoga, das Jät-Tantra, das Jät-Zen.

»Ich habe eine Marktlücke entdeckt, eine Lücke im Meditationsmarkt«, sagt der Jäter abends zu Regel, »mit der Jät-Meditation könnte ich ein florierendes Kursgeschäft aufziehen.«

»Im Winter funktioniert das aber nicht«, stellte Regel trocken fest. Das hat der Jäter nicht bedacht. Trotzdem ist er ziemlich stolz, die Jät-Meditation erfunden zu haben. Er hat auch schon Werbesprüche im Kopf, zum Beispiel:

Kommt Freunde, jätet spirituell!
So wird der Geist bald klar und hell.

13

Nachts hatte aus West-Südwest ein Sturm übers Land gefegt. Wie viele Bäume er im Handumdrehen entwurzelte und umwarf, merkte der cherubinische Velofahrer aber erst am andern Vormittag, bei einer Kreuz- und Querfahrt durch die ländliche Umgebung im Westen der Stadt. Am Rand eines Wäldchens sah er einen Forstarbeiter mit der Motorsäge eine umgekippte Buche entasten. Er stieg ab, um sich den mächtigen Buchenstamm näher zu besehen. »Ein noch relativ junger Baum«, erklärte ihm der Arbeiter, »aber sehen Sie sich nur mal die Wurzeln an! Viel zu klein, viel zu schwach, um so einen Baum bei Sturmwind halten zu können.« Ob die Buche denn krank gewesen sei, fragte der Velofahrer. Der Arbeiter schüttelte den Kopf: »Nicht der Baum, der Boden ist krank, unheilbar krank vielleicht schon und derart übersäuert, dass Wurzeln sich in ihm nicht mehr normal entfalten, nicht mehr weitflächig und tief genug ausbreiten können – aber so ist das jetzt eben, oft brauchts nur einen heftigen Windstoß, um einen an sich kräftigen Baum wie diesen aus den Angeln, aus dem Boden zu heben.« Erschrocken rief der Velofahrer aus: »Aber das heißt ja, dass der Boden unter unseren Füßen dahinserbelt[6], allmählich vielleicht wegstirbt – was dann?« Ratlos hob der Arbeiter die Schultern: »Da müssen Sie schon den Förster fragen, der weiß mehr als ich, ich bin ja nur ein Büezer[7] und mache meine Arbeit.«

Die Worte »So ist das jetzt eben …« gingen dem Velofahrer nicht mehr aus dem Kopf. Der Tag verstrich entsprechend lustlos, ohne Inspiration, ohne Reim. Abends fragte Regel besorgt: »Bist du krank?« – »Wahrscheinlich sind wir alle krank«, murmelte er, »und haben selbst Gottes Erdboden mit unserer Krankheit angesteckt.«

14

Immer mehr fallen dem cherubinischen Velofahrer seither die Verwundungen, Verhässlichungen durchfahrener Landschaften und Ortschaften auf. Ist er bisher denn gänzlich blind gewesen? Das nicht gerade. Er hat nur, wie die meisten, umgehend verdrängt, was er sah – ein Opfer vielleicht des positiven Denkens, zu dem landauf, landab aufgerufen wird.

Geht jetzt auch vieles schief –
bleib positiv! Bleib positiv!

Der Vers ist jedoch nicht von ihm und also nicht cherubinisch. Er stammt von einem offenbar galgenhumorigen Kioskkunden und kommt ihm jedesmal in den Sinn, wenn er jetzt kleine Meldungen liest oder im Radio hört, die andere scheinbar leichterdings wieder wegstecken können, z. B. dass das Klima sich schon um anderthalb Grad Celsius erwärmt hat und der Meeresspiegel deshalb ansteigt, so dass Badestrände bereits im Wasser zu verschwinden beginnen, merkige Inselverwaltungen oder Badestrandgemeinden Alarm schlagen. Mit wachsendem Stress werden die Leute aber davon abgehalten, sich ernstlich Gedanken zu machen. Ein velofahrender Müßiggänger hingegen hat Zeit, viel Zeit zum Nachdenken, zur Entfaltung seiner Vorstellungskräfte. Was zum Beispiel geschähe, wenn die Pole unaufhaltsam abzuschmelzen begönnen, das Meer also höher und noch höher anstiege, stets größere Landflächen unter sich begrabend, bis seine Wogen schließlich auch die hiesigen Dächer und Türme überrollten? Wenn Städte und zuletzt auch Gebirge im Meer versänken? Wenn Muränen, Rotaugen, Schuppfische still durch Wohn- und Bürohäuser schwämmen, in Schutzbunkern und Tresorkellern Schlangen und Schnecken sich einnisteten? Wenn in Kirchen und Kasernen bizarre Korallenbäume emporwüchsen? Weit und breit dann kein Festland und keine Menschen mehr. An ihrer Stelle würde der Delphin zur Krone der Schöpfung ernannt – und endlich, endlich kehrte Frieden ein auf Erden, Wasserfrieden, Meerfrieden. Und endlich dürfte auch der Schöpfer nach allem Leid, das die Menschheit über ihn brachte, seinen siebenten Tag, den Sabbat der doch noch gelungenen Vollendung, feiern. War übrigens der Fisch nicht schon seit jeher das Symbol des Erlösers, der Erlösung?

Als der nun nicht mehr so cherubinische Velodenker Regel beim Abendessen seine Flut- und Fischphantasie erzählt, ist sie von ihr überhaupt nicht angetan, wendet vielmehr ein: »Du vergissest die Atomkraftwerke! Sie würden das Meer und auch deine Delphine alsbald tödlich verstrahlen!« Daran hat er in der Tat nicht gedacht und erschrickt noch mehr: Ist also nicht einmal eine saubere Sintflut noch möglich?

Mitten in der Nacht wacht er am beklommenen Vers auf:

Ists möglich, Gott in deiner Majestät,
dass deine Schöpfung letzten Ends missrät?

15

Wie immer hat Regel aber recht: Man sollte nicht übertreiben. Insgesamt sei die Schöpfung keineswegs misslungen, ganz im Gegenteil. Einzig der Mensch, leider das mächtigste Erdengeschöpf, scheine danebengeraten zu sein. »Du aber nicht, du bist sehr wohlgeraten«, wirft der Velofahrer ein. Regel lässt sich jedoch nicht beirren. In letzter Zeit wird auch sie mehr und mehr von Zweifeln heimgesucht und vertraut ihrem Freund an, im Labor frage sie sich jetzt oft, was aus den Resultaten ihrer Arbeit schlussendlich wohl werde, ob sie tatsächlich dem Fortschritt zum Besseren oder nicht vielleicht doch dem Fortschritt zum Schlimmeren dienten: »Ich bin nur ein kleines Rädchen. Alle sind wir kleine Rädchen, die nicht wissen, was für eine Maschine sie antreiben helfen, welches ihr Endprodukt sein wird.« Beunruhigt fragt er, ob sie denn etwa daran denke, ihre Arbeit aufzugeben. Und fügt unbedacht, aber ehrlich egoistisch hinzu: »Was wird dann aus uns?« – »Das eben ists ja«, sagt sie, »wir haben keine Wahl. Von etwas müssen wir leben. Und leider ists immer die große, undurchschaubare Maschine, die für unsern Lebensunterhalt sorgt.« Nach einer bedrückten Schweigepause bietet er Regel an, wenn auch etwas zögernd, eine Arbeit, Lohnarbeit, suchen zu wollen, falls sie im Labor aufhören möchte. Gleichzeitig verdüstert eine Frage sein Gemüt: Ist der homo sapiens am Ende vielleicht die Lunte, die Gott selber an seine irdische Schöpfung gelegt hat? Sein Stoßseufzer:

Hier sitz ich nun, ich armer Tor.
O Gott, was hast du mit uns vor?

16

Solange sich der cherubinische Velofahrer aber noch mit Reimen gegen die Ungereimtheiten der Welt wehren will und kann, solange Regel und er sich innig aneinander festhalten, sich lustvoll lieben können, geht das Leben weiter, trägt es beide über Krisen und Gemütsverdunkelungen hinweg. Dennoch wirds kein Zufall sein, dass dem Reimer mit einem Mal auffällt, dass »Gott« sich vor allem mit eher unerfreulichen Hauptwörtern reimt: Spott, Trott, Schrott. Nicht besser stehts mit dem Prahladjektiv »flott«: Gott ist weder flott, noch hält er's mit flotten Karrieristen und Angebern. Ob am Ende wohl eine Eingabe an die theologische Fakultät zu erwägen wäre mit der Bitte, sie möge sich doch mit der Frage befassen, wie Gott aus seiner peniblen Reimgesellschaft befreit werden könnte, und nach anderen, besser reimbaren und heilsträchtigeren Bezeichnungen für ihn suchen? Regel aber kann nicht so recht glauben, dass Universitätstheologen für dieses Anliegen die richtige Adresse sind. Vielleicht, fällt ihr ein, ginge es besser mit der weiblichen Form »Göttin«? Kurz denkt der Reimer nach, doch findet er in seinem Kopf nur das Wort »Lettin« – die Göttin, die Lettin, die Göttin eine Lettin? Was für ein Unsinn!

Tohuwabohu, hüst und hott:
Erbarm dich unser, gnädiger Gott!

Regel lacht: »Also doch noch ein Reim auf Gott!« »Aber allenfalls ein elender«, murmelt er. Und von neuem kommt ihm in den Sinn, dass auch »Mensch« ein schlecht reimbares Wort ist, es kommen fast nur englische Vokabeln in Frage, die jedoch unsaubere Reime ergeben: Lunch, Brunch, Punch. Auch die Sprache scheint also die Ungereimtheiten zwischen Menschenwelt und Gott bezeugen zu müssen, die deutsche Sprache jedenfalls. Ob andere Sprachen vielleicht besser dran sind, erfreulichere Reim- und Heilsperspektiven aufweisen?

17

Und wieder einmal durchstreifte der cherubinische Velofahrer einen der großen Stadtfriedhöfe. Hier erfreut ihn Stille und eine oft wunderbar vielfältige Vegetation. Auch wissen Grabsteine viel zu erzählen. Ruhig verrichten Friedhofsgärtner ihre Arbeit. Da und dort sieht man Leute still vor einem Grab verweilen. Keine Eile, keine Hast. Eine erquickende Oase, ein Paradies fast. Es inspirierte und belebte den Velofahrer auch an diesem sonnenwarmen Nachmittag. In seinen Gedanken ersetzte er das schöne Wort »Gottesacker« durch das noch schönere Wort »Gottesgarten«. Und er dachte bei sich:

Wenn deine Lebensfreude zu erlahmen scheint,
so rat ich dir: Geh über einen Friedhof, Freund!

Bedauerlich bloß, dass die Sprüche auf den Grabsteinen so stereotyp sind, als wären sie einem ideenarmen Katalog entnommen. Kein Wunder, dass die Versmaschine im Kopf des Friedhofbummlers alsbald zu arbeiten und neue Sprüche für das eigene Grab zu produzieren begann:

Von dem, der cherubinisch Velo fuhr,
seht ihr allhier die letzte Erdenspur.

Oder und unversehens, aber heftig an Regel und trotz oder wegen der vielen Toten rundherum an gemeinsame Liebeswonnen denkend:

Den Liebesfeuer oft verzehrte,
ruht hier als Asche in der Erde.

Oder kecker noch:

Viel Lust genoss er und der Liebe tiefes Glück.
Voll Dank verwest er unter diesem Rasenstück.

Wunderlich beschwingt verließ er den Friedhof, schwang sich aufs Velo und pedalte, fast so cherubinisch wie früher, durch den lärmigen, stinkenden Stadtverkehr nach Hause zurück.

Abends legt er Regel die zu Papier gebrachten Grabsprüche vor. Und erwägt: »Ob ich vielleicht Grabspruchdichter werden könnte, in Verbindung zum Beispiel mit einem Grabsteingeschäft oder einem Bestattungsunternehmen?« Regel freilich zeigt sich entäuscht: »Und für mich hast du keinen Grabspruch ausgedacht, du Egoist?« Erschrocken reimt er:

Sanft ruhe Regel hier im stillen Grab,
die wonnigste Geliebte, dies je gab.

Regel zeigt sich zufrieden, stellt jedoch fest: »Offenbar weißt du noch nicht, ob du dich verbrennen oder begraben lassen willst.« – »Das hat ja noch Zeit«, sagt er.

18

Unter den belebenden, gleichzeitig aber auch einschläfernden Händen der Masseuse, die sie gelegentlich aufsucht, hat Regel eine Art Erleuchtung. Abends erzählt sie ihrem Freund davon: »Jetzt, glaube ich, bin ich hinter dein cherubinisches Geheimnis gekommen. Neuerdings zweifelst du oft an allem, nie aber an Gott. Also muss in dir tatsächlich ein Engel stecken. Nur Engel zweifeln nie an Gott, was immer auch geschehen mag.« Sofort und vehement widerreimt er diese Hypothese:

Das, Regel, muss ich strikt verneinen!
Ich bin kein Engel, eher brauch ich einen.

Und, in Prosa weiterfahrend: »Was du für einen Engel irgendwo in meinem Innern hältst, das ist weiter nichts als unbedarfte Naivität. Ich bin einfach nicht fähig, Gott – wer oder was er auch immer sein mag – aus meinen Gefühlen, meinen Gedanken zu entlassen, ihn mir aus der Welt wegzudenken.« Dennoch bleibt Regel bei ihrer Meinung und behauptet, dass sich eben dadurch der Engel in ihm verrate, wie übrigens auch durch die Tatsache, dass er weiterhin reime, blindlings gewissermaßen und ungeachtet all der zunehmenden Ungereimtheiten überall. Ungehalten widerspricht er: »Hast du je einmal von Engeln sagen hören, dass sie neidisch auf Atheisten sind? Ich aber bins, bin es immer mehr. Wer die Existenz Gottes schlichtweg leugnet, hat doch viel weniger heillose Widersprüche, viel weniger nie beantwortbare Fragen auszuhalten.«

Es stimmen finstre Rätsel mich oft trist ein.
Warum, o Gott, darf ich nicht Atheist sein?

»Du darfst aber, du darfst«, ruft Regel, »alles darf man, solange es niemandem schadet! Meinetwegen darfst du Atheist werden, das schadet weder mir noch andern, noch auch Gott. Du könntests ja halten wie mein Chef, der fröhlich bekennt: ›Gott sei Dank bin ich Atheist!‹« Kleinlaut murmelt er: »Dürfen tät ich wohl schon, doch ich kann einfach nicht, bin atheistisch impotent.« Sie lacht, weil ihr dazu die Frage einfällt, ob Atheisten oder Gläubige die besseren Liebhaber seien. »Und?«, fragt er, »wer ist besser?« Fast wieder ernst sagt sie: »Der beste Liebhaber, den ich bisher hatte, ist jedenfalls kein Atheist.«

19

Unversehens ist der cherubinische Velofahrer dem prominenten Dichter mit dem imposanten Bart wieder begegnet. Und das ausgerechnet im Migros-Markt[8] zwischen den Wohnsilos einer relativ neuen, aber rasch gealterten und ergrauten Vorstadt. Hier hätte er den berühmten Mann am allerwenigsten erwartet, erst noch ein Einkaufswägelchen vor sich herschiebend. Der Prominente war aber nicht allein, sondern in Begleitung einer noch sehr jungen Frau – oder erschien sie vielleicht nur so jung neben der Bejahrtheit und Beleibtheit des großen Meisters? Nach einigen belanglosen Worten grinste der bärtige Poet und sagte, mit einem Seitenblick auf die Begleiterin: »Ich bin eben dabei, mir eine andere Biographie zuzulegen. Von Zeit zu Zeit muss man sie neu erfinden, um die Nachwelt zu verwirren.« Die junge Frau kicherte voller Bewunderung über den Witz und Geist ihres genialen Freundes. Der Velofahrer aber überlegte hernach: Eine neue Biographie? Könnte, sollte wohl auch ich mir eine solche ausdenken? Dann aber gründlich, dann aber von allem Anfang an! So zum Beispiel: »Als Gott ihn schuf, sagte er: ›Werde nichts!‹ Die Eltern freilich waren anderer Meinung. Sie machten aus ihm einen braven und fleißigen Lohnempfänger. Erst nach mancherlei Irrungen und Wirrungen fand er, mit Regels selbstloser Hilfe, auf den Weg zurück, den Gott ihm vorgezeichnet hatte.«

Und abends sagt er zu Regel: »Nun weiß ich noch einen anderen Grabspruch für mich:

Zu ihm sprach einst der Herr des Lichts:
Sei ohne Ehrgeiz, werde nichts!«

»Du und nichts?« Regel lacht, Regel protestiert: »Liebe ich etwa ein Nichts? Lebe ich mit einem

Nichts zusammen? Manchmal reimst du auch Blödsinn.« Er seufzt: »Ach ja, ich bin halt kein so genialer Dichter.«

20

Warum, weshalb, wozu nur fährt der cherubinische Velofahrer fast täglich und bei jedem Wetter kreuz und quer übers Land? Sicher nicht für seine Fitness. Fitness ist etwas für Stuhl- und Büromenschen und für die, die prächtig daran verdienen. Der Velohändler, der hin und wieder, wenn auch selten, das Velo des Unermüdlichen repariert oder einen neuen Reifen aufzieht, meinte einst halb anerkennend, halb auch mit gutmütiger Ironie: »Er ist beinahe kein Amateur mehr, er gehört fast schon zur Elite. Zu was für einer Elite denn? Zur Elite der Einfältigen.« Das allerdings grenzte an üble Nachrede, entsprang wohl aber nur dem insgeheimen Verdruss darüber, dass der cherubinische Velofahrer unbeirrbar auf seinem uralten Velo herumfuhr und überhaupt nicht daran dachte, ein neues zu kaufen. Wenn sich jedoch alle so verhielten, wäre der gesamte Velohandel bald einmal ruiniert.

Verpönt ist christliche Bescheidung.
Die Marktwirtschaft lebt von Vergeudung.

»Ich fahre und fahre«, sagt der cherubinische Pédaleur, »um immer von neuem in der Gegenwart anzukommen, mit frisch polierten Sinnen, mit offenen Augen, darum macht mir so leicht niemand mehr ein X für ein U vor. Wenn das Einfalt ist, wohlan, dann bin ich noch so gerne einfältig.«

21

Der cherubinische Hausmann missfällt Regels Sippschaft. »So ein Quatsch«, mäkelt sie, »Hausmann für ein Zwei-Personen-Haushältchen! Ein Faulpelz und Parasit ist er, ein Tagedieb!« Vergeblich wehrt sich Regel: »Noch nie hat er mir auch nur einen einzigen Tag gestohlen, geschweige denn eine Nacht, im Gegenteil, oft macht er mir aus einer Nacht hokuspokus gleich zwei, drei Nächte!« Wie zu erwarten war, hatte die absichtlich frivole Anspielung die Sippschaft erst recht empört: »Pfui, ein Bock ist er also auch noch, und Regel schämt sich nicht, darauf stolz zu sein und ihn in verblendeter Hörigkeit auszuhalten!« Regel war über die nicht bloß humorlose, sondern bewusst auch böswillige Reaktion nicht nur betrübt gewesen, sondern Regel-recht wütend geworden, so dass er sie beschwichtigen musste und mit einem Einfaltsvers wieder aufzuheitern versuchte:

Ich, dieser kleine Tagedieb,
hab Regel aber ehrlich lieb.

Einige Tage resp. Nächte später hatte er einen Traum, den er Regel beim Frühstück erzählte und den sie seither nicht mehr vergessen konnte. »Offenbar war ich gestorben«, berichtete der Träumer, »jedenfalls stand ich vor dem höchsten Richter, der mich einem total verblüffenden Verhör unterzog, auf das mich keine Unterweisung, keine Predigt je einmal vorbereitet hatte. Er fragte nämlich: ›Gibts Liebkosungen, die du unterlassen hast, obgleich Regel sie erwünschte, ersehnte?‹ Ich war ratlos, konnte bloß beteuern: ›Mit Absicht habe ich ihr, soweit ich mich zu erinnern vermag, nie eine Zärtlichkeit verweigert.‹ Ungerührt bohrte der Richter weiter: ›Oder gabs

Liebkosungen, denen du dich entzogen hast?‹ Wieder konnte ich nur hilflos beteuern, mich an nichts dergleichen zu erinnern. Es kam aber noch schlimmer: ›Gibts‹, so fragte er weiter, ›an deiner Freundin, von der du behauptest, sie sei deine Liebste, eine Stelle, die du nie geküsst hast?‹ Nun erglühte ich vor Scham, da mir plötzlich in den Sinn kam: Ihre Fersen! Nie habe ich ihre Fersen geküsst! ›Ein Versäumnis, ich gebs ja zu‹, versuchte ich mich zu rechtfertigen, ›es geschah aber ohne Vorsatz, aus Unachtsamkeit sozusagen.‹ – ›Papperlapapp‹, herrschte der Richter mich an und forschte unerbittlich weiter: ›Hast du Regel jemals Gewalt angetan?‹ – ›Nein, nein‹, rief ich, ›oder höchstens mal ein ganz klein bisschen, sie war mir nicht böse deswegen, im Gegenteil.‹ – ›Keine Ausreden‹, befahl aber der Richter und blickte mich so streng, so durchdringend an, dass ich mich schon in die Hölle fahren sah. Noch ehe er jedoch ein Urteil fällte, bin ich in deinen Armen erwacht, du musst mich geweckt haben, hast mich vor der Verurteilung, vielleicht vor der Hölle gerettet!« Regel war gerührt gewesen, aber auch fasziniert: »Ein toller Traum, ein Jüngstes Gericht, wie es tatsächlich in keinem Buch stehen dürfte.«

22

Das cherubinische Velo ist gestohlen worden. So weit also sind wir bereits! Gibt es denn überhaupt kein Tabu mehr? Radikale Deregulierung auch hier?

Nach einigen Tagen Niedergeschlagenheit und dank Regels Liebes- und Lusttherapie (»Auch wenn das Velo weg ist, dürfen wir deinen Traum nicht vergessen«) erholt und fasst sich der nicht nur Bestohlene, sondern auch Gedemütigte aber wieder. Eines Morgens erwacht er sogar mit der trotzigen Gewissheit: »Noch geschehen Wunder! Dass du da bist, dass ich da bin, dass die Welt noch immer da ist – alles ein einziges Wunder! Darum wird auch das Velo eines Tages wieder da sein, dem Dieb kanns ja nur Unglück bringen!«

Cherubinische Bildbelustigungen von Hannes Binder

… und andere Belustigungen

Biblische Kochetüde

Im Garten Eden
wurden keine Feuerstellen entdeckt.
Also aßen Eva und Adam
paradiesische Rohkost.
Wohl erst nach ihrer Vertreibung
lernten sie Funken schlagen mit zwei Steinen,
versuchten – dank Evas Pfiffigkeit –
in einem Feuer Pflanzen und Schnecken
zu rösten.
Und damit vermutlich
begann die Zivilisation.

Namenlosen Frauen gelangs dann,
Behälter und Töpfe zu formen.
Später schmiedete Thubal-Kain
metallene Kessel und Pfannen.
So kam der Fortschritt
immer besser voran.

Wie man weiß, kochte Jakob würzige
Linsengerichte
(einmal mit gewichtigen Folgen).
In der Wüste kochten Israels Frauen Manna:
täglich und taufrisch fiel es vom Himmel.
Im städtischen Tempel dann kochten die Priester
Opferfleischstücke in brutzelndem Fett.

Und Maria? Sie kochte daheim und brachte
das Kochen wohl auch ihren Kindern bei.
Für Jesus, den Mann, und die Jünger allerdings
scheinen zugriffige Jüngerinnen
gekocht zu haben.
Ohne sie wäre zweifellos auch kein richtiges
Passa- und Abendmahl möglich gewesen.

Paulus, der Single, hingegen
musste für sich oft selber kochen,
tat dies freilich nur notdürftig, nur nebenher,
so dass er schließlich magenkrank wurde.

Hotel Jesus

Hier leben
die Gäste fröhlich
von der Hand
in den Mund.

Der reiche Jüngling
verfolgt skeptisch
das sorglose Treiben:
Wo führt das denn hin?

Diskret aber füllen
Johanna und Susanna
ihre Schecks aus – alles
soll gratis sein für alle.

Es gibt viele Zimmer
im Hotel Jesus.
Petrus, der Concierge,
verteilt die Schlüssel.

Wanderern aber
wäscht der Direktor
eigenhändig
die müden Füße.

»Werdet Wanderer!«

(Jesus, Thomas-Evangelium)

Der Heiland,
niedergefahren
   zur Hölle,
der Heiland,
emporgefahren
   gen Himmel –
sonst aber
   ging er zu Fuß.

Zerredete Identität

Ich hörte im Traum ein Gerücht –
soll ich ihm glauben
oder doch eher nicht?

Jesus habe (kam mir zu Ohren)
seine Identitätsgefühle verloren,
jedenfalls sei er total verwirrt
ob fast allem, was über ihn
geschrieben oder geredet wird,
und er wisse – o wei o wei! –
kaum noch, wer er denn wirklich sei.
Man hätte den Armen gern
zu Dr. Freud, dem Berühmten, geschickt.
Allein: Wer hat diesen Herrn
je einmal im Himmel erblickt?

Welch kurioses Traumgerücht!
Soll ich ihm glauben
oder doch eher nicht?

Zwei-fel

Aus mir,
dem einen,
machen Zweifel
zwei.

Gäbs Dreifel,
würdens
wohl noch
drei.

Nicht aber
Zwei- und Dreifel,
erst Zweifel-loses
ist vom Teufel.

Ganzheitlichkeit

Ist das Ganze
erst abverheit[9],
kommt man uns
mit Ganzheitlichkeit.

Ich freilich,
ich Alpenkalb,
bleibe immer
nur halb.

Was also tun?
Ich weiß es nicht,
hoff trotzdem auf Gott
und schreib dies Gedicht.

Spezialisierung

Selbst in den Kirchen
der Christen
wimmelts jetzt
von Spezialisten.

Soll einzig
noch Gott allein
zuständig
für alles sein?

Der aber seufzt
gestresst und trist:
Wär doch auch ich
ein Spezialist …

Theologische Dürre

In diesen Zeiten
theologischer Dürre:
Hülfe am End da
Mystik oder Myrrhe?

Oder könnte vielleicht
den ausbleibenden Regen
ein Regentanzritus
zum Kommen bewegen?

Mystik

Fast alle wollen
jetzt Mystiker werden.
Auch ich würde gern einer,
wenn auch bloß ein kleiner
und eher nur hie und da,
dafür lebensnah.

Kirchengesang

Werde ich gaga, oder
stellt mir der Teufel ein Bein?
Immer mehr Predigten
schläfern mich ein.

Um nicht offen zu gähnen,
kämpfe ich gegen den Drang
heroisch bis zum
allgemeinen Gesang.

Dann aber, dann gähn ich
voller Erleichterung –
und so kommt mein Lobsingen
herzhaft in Schwung.

Pfingsten

Und wiederum Pfingsten –
es brauset sehr!
Nein, nicht der Geist, es ist
der Ausflugsverkehr.

Was aber, was macht
der Heilige Geist?
Er weint, und er lacht,
er klagt, und er preist.

In der Kirche indes,
der halbvollen, halbleeren,
ist der Pfarrer bestrebt,
dies zu erklären.

Memento

Es klopfte
der Tod an die Tür,
ich aber rief:
»Wir sind nicht hier!«

So ein Tod
ist nicht stur,
er versuchte
eben mal nur.

Hat auch nicht
weiter geschmollt
und sich
wieder getrollt.

Im nächsten Leben?

Rundköpfen steht jeder Hut gut.
Rundköpfe sind fotogen.
Rundköpfe denken meist positiv.
Rundköpfe werden gern gesehn.
Rundköpfe lächeln nur selten schief.
Rundköpfe haben Manieren.
Rundköpfe sind leicht zu ergötzen.
Rundköpfe können beim Spielen verlieren.
Rundköpfe wissen sich durchzusetzen.
Rundköpfe besitzen Selbstvertrauen.
Rundköpfe sind ohne Narrheit und Wahn.
Rundköpfe haben Glück bei den Frauen.
Rundköpfe passen sich überall an.

Im nächsten Leben
(sollts eines geben)
möchte ich ebenfalls
so einen Rundkopf
auf meinem Hals.

Der blutte Heiland

Eines Abends tollten, alberten Susi und Kläuschen splitternackt durch die Wohnung, vergnügt krähend:

Widiwädiwupp,
dr Heiland schpringt ganz blutt
schpringt ohni Chleid und Schue
vom Tod em Läbe zue!

(Widiwädiwupp/der Heiland läuft ganz nackt/läuft ohne Kleid und Schuhe/vom Tod dem Leben entgegen!)

Auf die Frage der verblüfften Eltern, wo sie einen so kuriosen Vers denn her hätten, sagten sie: »Aus dem Kindergarten natürlich.«

Andere Eltern schienen an dem Vers weniger Gefallen gefunden zu haben. Sie beschwerten sich bei der Kindergartenkommission und veranlassten die Einberufung eines Elternabends.

An diesem wurde die junge Kindergärtnerin einem kleinen Verhör unterzogen. Hierbei stellte sich folgendes heraus: Auf die Osterzeit hin hatte sie, um die Osterhasen- und Ostereierwelt der Kinder doch auch noch ein bisschen zu erweitern, die offenbar kaum mehr bekannte Geschichte von der Kreuzigung und Auferstehung des Heilands erzählt. Unversehens wurde sie dabei von einer jener Fragen unterbrochen, ja überrumpelt, wie sie wohl nur Kindern einfallen können: »Was hat der Heiland denn angehabt, als er aus dem Grab herauskam?« Der Knirps, der so fragte, hatte gut aufgepasst. Vor der Kreuzigung, konnte er sich erinnern, hatten die Soldaten dem Heiland doch das letzte Kleid weggenommen und hernach, im leeren Grab, waren alle Tücher zurückgeblieben, in die der Tote gewickelt gewesen war – hatte er somit nichts mehr angehabt, als er dem Grab entstieg?

Belustigt schmunzelten einige der Eltern (Mütter vor allem, wenige Väter nur). Auch schon die Kinder hatten ob dieser Frage und Logik fröhlich gekichert. Einem von ihnen war flugs auch ein Verslein, ein bekanntes, über die Lippen gekommen:

Widiwädiwupp
Müllers Chind sy blutt …

»Was tun, was antworten in einer solchen Situation? Wie hätten Sie denn reagiert?«, fragte die Kindergärtnerin die anwesenden Eltern.

Nach längerem Überlegen schlug eine jener Mütter, die sich beschwert hatten, schließlich vor: »Vielleicht hätten Sie ja sagen können, ein Engel habe dem Heiland ein neues, ein himmlisches

Gewand gebracht.« Eine solche Lösung war der Kindergärtnerin in der Tat nicht eingefallen. Statt dessen hatte sie gesagt, um die Aufmerksamkeit der Kinder wieder auf die biblische Geschichte zurückzulenken: »Jetzt gehts aber nicht um Müllers Kinder, jetzt gehts um den Heiland!« Worauf prompt der Vorschlag gekommen war: »Wieso also nicht einfach ein neues, ein anderes Verslein für den Heiland machen?« Und so wars dann eben geschehen; gemeinsam und spielerisch hatten sie das neue Verslein ausgeheckt.

Da die Anwesenden sich nicht einigen konnten, endete der Elternabend ohne Tadel oder Verweis für die Kindergärtnerin. Etwas schnippisch fragte beim Auseinandergehen jene Mutter, welcher die Engel-Lösung eingefallen war: »Glauben Sie am Ende vielleicht nicht an Engel, an Wunder?« Eine andere Mutter hingegen drückte der Kindergärtnerin herzlich und fest die Hand: »Prima haben Sie das gemacht, ich danke Ihnen!«

Das alles ist nun schon wieder eine Weile her. Noch immer aber hört man hie und da Kinder, die das umstrittene Osterverslein aufsagen oder leichthin trällern, wenns den Eltern nicht gefällt, dann eben außerhalb deren Gehörkreis, was bekanntlich erst recht Spaß macht.

Narrenkampf

Seit langem hatten Seele und Körper sich auseinandergelebt und waren nunmehr grimmig entschlossen, sich voneinander zu trennen, was aber nur zu gelingen schien, falls einer dem andern den Garaus machen konnte.

Zornig fauchte die Seele: »Lange genug hast du mich jetzt gefangen gehalten!«

Empört brüllte der Körper: »Was redest du da? Du bists doch, die mich nicht freilässt!«

Wutentbrannt fielen sie übereinander her und zu Boden, verkrallten sich kämpfend, keuchend ineinander.

Unversehens kam ein Fremder des Wegs gegangen. Beim Anblick der beiden, die sich engumklammert im Grase wälzten, rief er belustigt: »Ei der tausend! Eine so leidenschaftliche Paarung haben meine Augen schon lange nicht mehr gesehen!«

Verblüfft ließen die Ringenden und arg schon Zerzausten voneinander ab, blickten empor, um wie aus einem Munde, wenn auch kurzatmig, nach Luft schnappend, zu widersprechen: »Oh, du Ahnungsloser! Wir lieben, wir paaren uns keineswegs, im Gegenteil, wir kämpfen, um einander endlich und für immer loszuwerden.«

Nun wars der Fremde, der ratlos blickte, der nicht begriff.

»Seit Jahr und Tag sperrt der Schuft da, der elende Körper, mich ein«, klagte die Seele, »jetzt will ichs nicht mehr länger ertragen.«

Aufgebracht widerbellte der Körper: »Ich dich einsperren? Dabei bist du es doch, die mich nicht freilassen will, die vielmehr ihre Lust daran hat, mich in deinen lichtlosen Winkeln und Gewölben heimtückisch zu peinigen, zu foltern!«

Gekränkt höhnte die Seele: »Wer denn, bitte, ist

ein einziges Labyrinth lichtloser Gänge, in deren Finsternis mir fortzu Unsägliches, Unvorstellbares widerfährt?«

Von neuem wollten die beiden einander wieder an die Gurgel fahren, hätte der Fremde nicht ruhig, ein bisschen aber auch spöttisch gesagt: »Da, wo ich herkomme, hielte man euch für kindische Narren.«

»Wo kommst du denn her?«, begehrten die Streitenden nun doch zu wissen.

»Aus einem alten Land«, antwortete der Fremde, »wo die Seelen schon immer wussten, dass sie nur dank ihres Körpers sind, und die Körper, dass sie nur dank ihrer Seele lebendig wurden und auch weiterhin lebendig bleiben können. Gewiss gibts allezeit Spannungen, Auseinandersetzungen. Es ist ein reales, kein ideales Land. Aber ein Land des Lebens, nicht des Todes. Darum stets wieder Versöhnung, Umarmung. Und darum glaubte ich vorhin, Zeuge einer solchen Versöhnung zu sein.«

»Ein sonderbares Land!«, staunte die Seele. »Ein unbegreifliches auch«, krittelte der Körper, »denn wenn ich recht verstehe, liefert sich der Körper bei euch der Seele und ebenso die Seele ihrem Körper aus in freiwilliger Unterwerfung, wenn nicht Sklaverei – wie kann das jemals gutgehen?«

»Viel besser jedenfalls, als wenn man sich gegenseitig abmurkst, wie ihr dies offenbar zu tun beabsichtigt«, herrschte der Fremde, ungeduldig geworden, die beiden an.

»Was abmurksen!«, rief die Seele selbstsicher, »mich kann niemand abmurksen, ich bin unsterblich!«

Grimmig fauchte der Körper: »Da haben wir sie wieder, diese verdammte Seelenarroganz! Warte nur, gleich wird sich ja herausstellen, wer von uns beiden denn nun tatsächlich unsterblich ist!«

»Großer Gott, wie kann man nur so verblendet sein«, rief der Fremde, mit strenger Stimme jetzt,

»was soll euer alberner Wettstreit um Unsterblichkeit? Unsterblich ist der Ewige allein. Ihr beide aber bleibt, was ihr immer gewesen seid, nämlich sterblich, verletzbar, tötbar. Ich sage euch, in eurem törichten Kampf auf Leben und Tod kann es keinen Sieger geben. Wer immer den andern umbringt, tötet zugleich sich selber, und wird den Besiegten keine Sekunde lang überleben können!«

Mit diesen Worten wandte der Fremde sich ab, um seinen Weg fortzusetzen.

Die Streitenden, nun doch irritiert, schauten ihm nach, unschlüssig, ob sie den Kampf wieder aufnehmen oder vielleicht doch besser von ihm ablassen sollten.

Anmerkungen

1 Velo, schweizerisch für Fahrrad; Velofahrer, schweizerisch für Radfahrer

2 Stammbeiz, schweizerisch für Stammlokal (Beiz, schweizerisch für Wirtshaus, Dorfschenke)

3 »Blick«, auflagenstärkste schweizerische Tageszeitung, entspricht in etwa der »Bild-Zeitung« in Deutschland oder der »Kronenzeitung« in Österreich

4 Christoph Blocher, Unternehmer und Nationalrat, Präsident der Schweizerischen Volkspartei (SVP) des Kantons Zürich

5 guggsen, schweizerisch (berndeutsch) für »sausen«; »Pfeifen des Windes«

6 dahinserbeln, serbeln, schweizerisch für welken, kränkeln

7 Büezer, schweizerisch für Arbeiter, Werktätiger

8 Migros, Lebensmittel-Ladenkette in der Schweiz

9 abverheit, schweizerisch für »misslungen«.

Die cherubinischen Bildbelustigungen von Hannes Binder ab Seite 77 könnten sich allenfalls – in der Reihenfolge der Bilder – auf Kurt Martis Textseiten 12, 18, 20, 24, 38, 47, 52, 67 beziehen …